W0219955

Die Rettung Deutschlands

-Visionen eines Neuanfangs -

Copyright © 2019 Timm Kellner
All rights reserved.
ISBN: 9781099944642

„Man ist entweder für sein Land oder dagegen. Es gibt nichts dazwischen, denn wenn es einem egal ist, ist man letztendlich auch dagegen.“

Tim K.

Einleitung

Ich schreibe dieses Buch, weil es mir das Herz zerreißt, wie unser Land immer mehr und mehr zerstört und abgeschafft wird. Deutschland war einst ein erfolgreiches, wirtschaftlich starkes und sicheres Land gewesen. Davon ist nicht mehr viel übrig.

Wir hätten es weiterhin sein können, wenn wir nicht von Politikern „regiert“ werden würden, die Politik gegen Deutschland und insofern auch gegen die deutsche Bevölkerung betreiben.

Alleine dort beginnt schon der eklatante Widerspruch in sich selbst.

Ein Politiker sollte nämlich eine Person sein, die vom Volk gewählt und für eine gewisse Zeit das Vertrauen ausgesprochen bekommt, sich für eben dieses, mit all seinen Möglichkeiten, bestmöglich einsetzt. Er ist also niemand anders als ein temporärer Angestellter, der Politik für die eigene Bevölkerung und somit das eigene Land machen soll.

Damit sind wir aber schon beim Soll-Zustand, der dieses ganze Buch durchziehen wird. Der Soll-Zustand weicht nämlich in gänzlich allen Bereichen vom Ist-Zustand ab, was wiederum vollkommen inakzeptabel ist.

Ich schreibe dieses Buch sachlich nüchtern nieder und werde mich durch viele elementare und notwendige Bereiche unseres Landes durcharbeiten, um den Soll-Zustand mit dem vorherrschenden Ist-Zustand abzugleichen, um somit letztendlich notwendige Lösungsansätze zu liefern.

Den zu treffenden erforderlichen Entscheidungen liegt ein Niedergang Deutschlands zugrunde, der einer tatsächlichen oder aber symbolischen Auferstehung aus Ruinen folgen lässt.

Wenn dieser Niedergang nicht sogar von den Eliten gewollt ist, so wird er früher oder später bei der aktuellen Politik automatisch eintreten.

Es gibt mittlerweile nur noch zwei Lager in diesem Land. Das Lager der sogenannten „Eliten", ihrer Gehilfen und das Heer von Meinungslosen und Gutmenschen und das Lager all jener, denen Deutschland und die Zukunft ihrer Kinder noch am Herzen liegt.

Man ist entweder für Deutschland oder dagegen. Es gibt nichts dazwischen. Deshalb agiert man auch entweder für oder gegen dieses Land. Die herrschende Politikerkaste agiert zum allergrößten Teil dagegen, soviel steht bereits fest.

Es ist daher die Pflicht eines jeden Deutschen oder dem dieses Land noch etwas bedeutet, sich rechtsstaatlich dagegen zu stellen, um die Abschaffung Deutschlands noch zu verhindern.

Es bleibt uns allerdings nicht mehr viel Zeit, denn offene Grenzen, die Abschaffung des Rechtsstaates und der demografische Wandel werden uns schon in weniger als zehn Jahren besiegt haben.

Deshalb schreibe ich dieses Buch. Vielmehr deshalb muss ich dieses Buch schreiben.

Es wird natürlich wieder viele Stimmen geben, die dieses Buch als nationalistisch, rassistisch und rechtsradikal bezeichnen werden, aber genau diese Stimmen haben uns, mit ihrer Unwissenheit und Sorglosigkeit, an den Abgrund geführt. Es muss auch niemand von diesen Menschen gefallen, was ich hier schreibe, aber es ist meine freie Meinung, die vom Grundgesetz absolut abgedeckt ist.

Viele Dinge braucht man nicht zu verkomplizieren, deshalb halte ich mich bewusst kurz und knapp.

Ich beanspruche zwar keine Allwissenheit, aber für mich persönlich erscheinen diese Lösungsansätze, die allesamt in der Realität durchgeführt und umgesetzt werden könnten, als die Rettung für unser Land.

Der politische Wille muss natürlich vorhanden sein und diesen politischen Willen gilt es nicht nur zu beeinflussen, sondern wieder für Deutschland herzustellen.

Macht setzt Recht und wer die Macht hat, kann dieses Land entweder zerstören, so wie es jetzt gerade passiert, oder eben retten, was notwendiger denn je erscheint.

Deutschland ist ein Land, das eine wunderbare Kultur, eine einzigartige Sprache und unzählige kostbare Errungenschaften für die ganze Welt hervorgebracht hat.

Dieses Land darf nicht untergehen.

Es muss leben und fortbestehen!

Tim K.

Prolog

Deutschland ist im Begriff unterzugehen. Dies ist der Wunsch der „Eliten“ und diesen Plan treiben sie voran. Heute, im Jahre 2019, gibt es immer noch eine Mehrheit in Deutschland, die vernünftig denkt.

Jedoch sind die meisten Menschen dieser Mehrheit entweder zu feige, zu bequem, zu träge oder zu desinteressiert, um den Mund aufzumachen. Wenn alles so weiter geht, wie bisher, wird dieses Land langsam aber sicher verschwinden. Nicht in Jahrzehnten, sondern vielmehr schon in einem Jahrzehnt. Dann, wenn alleine schon aus demografischen Gründen diese Mehrheit zur Minderheit wurde, weil das große Heer von Schweigenden, Gutmenschen und nicht zu vergessen der Migranten die zahlenmäßige Mehrheit innehat.

Genau das wissen die Eliten und genau deshalb läuft weiterhin alles nach Plan.

Das denken sie zumindest.

Ich denke, dass alles noch sehr viel schlimmer werden wird in Deutschland. Die Wirtschaft wird zusammenbrechen, die Arbeitslosenzahlen drastisch steigen und noch Hunderttausende bis Millionen von „Flüchtlingen“, oder treffender ausgedrückt, Wirtschaftsasylanten, Glücksrittern und fremdländischen Reisenden werden dank des Migrationspaktes uns „bereichern“.

Ich befürchte Ausschreitungen und bürgerkriegsähnliche Zustände in den nächsten Jahren, denn die Politik der Einheitspartei führt zwangsläufig dazu.

Wahlen werden das nicht ändern, denn wenn Wahlen etwas verändern könnten, wären sie bekanntlich verboten. Das ist keine Floskel, sondern die bittere Wahrheit.

Ich glaube noch an dieses Land und seine Menschen und ich glaube daran, dass Teile der Bevölkerung eines Tages noch aufstehen werden.

Und genau das ist meiner Meinung nach die letzte Chance, dieses Land und die Zukunft unserer Kinder noch zu retten.

Wir brauchen nach 1989 eine zweite Wende in diesem Land.

Diese kann nur erfolgen, wenn Tausende, Zehntausende oder besser noch Hunderttausende von Deutschen auf die Straße gehen, um friedlich dieses System umzustrukturieren.

Von einem System, das gegen die eigene Bevölkerung regiert hat, zu einem System, das ausschließlich im Dienste der Menschen steht.

Nur der immense gesellschaftliche Druck der Straße und ein neues Einigkeitsgefühl können dies noch erreichen.

Wie es geht, haben wir 1989 gesehen.

Das wird die Voraussetzung sein, um Deutschland noch zu retten.

1. Der Staat muss dem Volke dienen

„Der Staat muss dem Volke dienen und nicht andersrum, denn eine Regierung wurde gewählt, um alles und in erster Linie für das eigene Land und die eigene Bevölkerung zu tun. Das ist der einzige Sinn und Zweck dieser Regierung und genau dafür existieren die Organe eines Staates.

Aber was das Entscheidendste ist: Deutschland ist nicht verhandelbar.“

Tim K.

Ist-Zustand:

Deutschland ist zu einer Meinungsdiktatur verkommen. Es ist mittlerweile eine Beinahe-Diktatur, die von einer Einheitspartei (CDU/CSU/SPD/Grüne/FDP/Linke) unter der Führung der Staatsratsvorsitzenden Angela Merkel geführt wird.

Die Presse ist in weiten Teilen bereits gleichgeschaltet und bis in den entlegensten Winkel dieses Landes ist jeder Posten, jedes Amt anhand von Parteibüchern verteilt oder besser gesagt aufgeteilt.

Vom Staatsanwalt, der politisch weisungsgebunden ist, bis hin zum Polizeipräsidenten, der weder Polizist ist, noch vom Fach kommt, sondern vielmehr nur ein Politiker ist, ist jedes Amt, jedes Rathaus und jedes Gericht im Klammergriff der Einheitspartei.

Das Schlimme daran ist, dass ein heutiger Politiker nicht mehr für sein Land oder die Bevölkerung da ist, sondern vielmehr nur noch Teil einer großen Beutegemeinschaft, die fürstlich auf Kosten der Steuerzahler lebt.

Die Verstrickungen zwischen Politik, Wirtschaft und großen Lobbygruppen sind offensichtlich. Es gibt vielmehr keine klare Trennung mehr. Im Gegenteil. Politiker sitzen in Aufsichtsräten, wechseln übergangslos in die Wirtschaft und man schiebt sich die Posten zu, um bestmöglich wirtschaftlich auf Lebzeiten abgesichert zu sein.

Ideale, geschweige denn Deutschland interessieren nicht mehr, sondern nur der persönliche Vorteil und die wirtschaftliche Bereicherung.

Die Altparteien, oder besser gesagt die Einheitspartei ist der Grund, warum keine Politik für Deutschland und die eigene Bevölkerung mehr gemacht wird.

Dieses ist nicht erwünscht, denn die wahren Entscheider sitzen nicht im Bundestag, sondern hinter den Kulissen.

Es ist inzwischen eine Auseinandersetzung zwischen den sogenannten „Eliten“ oder „Globalisten“ und Teilen der konservativen Mitte, die den Nationalstaat behalten wollen.

Offene oder verschwindende Grenzen, Masseneinwanderung und der unbegrenzte Kreislauf des Geldes stehen dem Gedanken des Nationalstaates gegenüber.

Keine einheitliche Kultur mehr, keine autochthone Bevölkerung oder vielmehr der Austausch der Bevölkerung, das Zerstören von Werten und dem kleinsten Teil eines Staates, der Familie, sind die erklärten Ziele.

Warum? Weil sich eine Masse, die nicht mehr viel verbindet, viel einfacher lenken und leiten lässt.

Und von ihr ist so gut wie kein Widerstand mehr zu erwarten.

Deshalb zersetzt man auch die Sicherheitsorgane wie Polizei und Bundeswehr bewusst und vorsätzlich mit Migranten bzw. Muslimen.

Alles, was mittlerweile für das eigene Land gedacht wird, gilt als „rechts" und „rechtspopulistisch".

Jeder, der es auch nur wagt, die desaströse und gemeingefährliche Flüchtlingspolitik der Einheitspartei zu kritisieren, gilt als Rassist und „Nazi".

Soll-Zustand:

Eine Regierung muss dem Land dienen. Zuallererst zählt das Wohl des eigenen Landes und somit der eigenen Bevölkerung.

Demokratie bedeutet die Herrschaft des Volkes und das Akzeptieren von freien Meinungen, die nicht gegen die Rechtsordnung verstoßen.

Es darf kein Meinungskartell geben und die Presse muss frei und objektiv, ohne Rücksicht auf Vorgaben oder Befindlichkeiten, berichten.

Ämter und Posten müssen nach Befähigung, Leistung und Hingabe vergeben werden.

Das Credo muss immer und zu jederzeit lauten: **Deutschland zuerst!** Dieses ist nicht verwerflich, sondern vielmehr selbstverständlich. Kein Verein, kein Fußballclub und keine Firma handelt anders.

Deshalb sollte es das Normalste auf der Welt sein, dass ein Land so geführt wird.

Politik wird in primärer Linie für die eigene Bevölkerung gemacht. Persönliche Vorteile oder andere Beweggründe sind demnach vollständig auszuschließen.

Die Steuergelder werden in den Bereichen und für die eingesetzt und verwendet, die sie letztendlich dafür entrichtet haben. Der Staat soll der unabhängige Verwalter dieser Gelder sein und sie bestmöglich für das eigene Land verwenden.

Die eigene Kultur ist zu wahren und die Bevölkerung ist den Möglichkeiten entsprechend vollständig zu unterstützen. Dies beinhaltet die Bereiche Soziales, Rente, Pflege, Bildung, Infrastruktur, Digitalisierung, Kultur, Naturschutz, Tierschutz und innere und äußere Sicherheit.

Der Rechtsstaat muss erstklassig ausgestattet sein, damit er in jeglicher Hinsicht vollständig funktioniert.

Das nationale Bewusstsein muss gestärkt sein und ein gesunder Nationalstolz muss wieder gelehrt und gelebt werden.

Deutschland ist ein fortschrittliches Land inmitten vieler anderer Länder, die eine gleichgelagerte christliche Kultur und eine westliche Wertegemeinschaft verbindet.

Europa ist ein freundschaftlicher Verbund vieler souveräner Nationalstaaten.

Erforderliche Lösungen:

Die ehemalige DDR ist, auf Druck des Volkes hin, untergegangen und die Einheitspartei wurde aufgelöst.

Die Einheitspartei (CDU/CSU/SPD/Grüne/Linke) ist ebenfalls gescheitert und hat sich mit einer einzigen Beute- und Vasallenpolitik selbst diskreditiert.

Der Hochverrat am eigenen Land, der durch eine ungezügelte Massenzuwanderung und eine Politik der offenen Grenzen offensichtlich wurde, ist nie wieder zu verzeihen.

Ebenso wie in der damaligen DDR hat ein politischer Neubeginn zu erfolgen, der dieses Land nicht mehr spaltet, sondern wieder vereint.

Deutschland sollte sich endlich wieder, so wie im Grundgesetz bestimmt, eine eigene und neue Verfassung geben. Dies hat in einer verfassungsgebenden Nationalversammlung zu erfolgen.

Danach sind zwei große neue Parteien, nach dem Vorbild der Republikaner und der Demokraten in den USA, die jeweils das konservative Lager und das vormalig sozialdemokratische Lager vertreten, zu gründen.

Durch demokratische Wahlen werden die Volksvertreter bestimmt, die dann gemeinsam und prozentual aufgeteilt in einer Art Gremium, einem Rat der Weisen, das Land regieren.

Dieses kann repräsentativ auch durch einen Präsidenten oder eine Präsidentin vertreten werden, die zudem noch über Sonderrechte in der Entscheidungsgewalt verfügen.

Der einstmalige Bundestag wird dadurch immens verkleinert.

Jedem Politiker ist es untersagt, während seiner Amtszeit in einem Aufsichtsrat oder irgendeinem anderen Posten der Privatwirtschaft zu sitzen.

Keine Lobby und keine wirtschaftlichen Interessen dürfen Einfluss auf einen Politiker haben. Ein Politiker ist einzig und allein dazu bestellt, seinem Land und der Bevölkerung zu dienen.

Durch das Auflösen der „Einheitspartei“ entfällt automatisch die „Parteibuch-Postenvergabe“ und der Entscheidungszwang zugunsten der Partei.

Es gibt nur noch den Entscheidungszwang, das zu entscheiden, was am besten für das eigene Land und die eigene Bevölkerung ist.

Die ehemaligen Entscheidungsträger, die für vorsätzliche Rechtsbrüche verantwortlich sind, sind einer unabhängigen deutschen Gerichtsbarkeit zu übergeben, vor der sie dann ein rechtsstaatliches Verfahren erhalten.

Die Zersetzung und das Abschaffen Deutschlands, verbunden mit den zahllosen Opfern der Politik der offenen Grenzen, ist juristisch zu würdigen und am Ende demzufolge zu verurteilen.

Die Verantwortlichen müssen zur Rechenschaft gezogen werden.

Die Altparteien haben kläglich darin versagt, dem eigenen Land zu dienen. Sie haben vielmehr erreicht, dass Deutschland ein zutiefst gespaltenes Land wurde, das durch eine irrsinnige und gemeingefährliche Politik im Begriff war, vollkommen unterzugehen.

Eine Einigung ist nur wieder durch einen Neuanfang herzustellen, der nur eine einzige Ausrichtung zulässt: Für die Eigenen immer zuerst! – oder wie es auch am Reichstag in Stein gemeißelt steht: **„Dem deutschen Volke!“**

2. Das drohende Szenario: Der Zusammenbruch

Die nahe Zukunft Deutschlands wird unruhig und gefährlich werden.

Die deutsche Wirtschaft wird zwangsläufig kollabieren, die Arbeitslosenzahlen werden dramatisch steigen und parallel dazu werden noch weitere Hunderttausende bis Millionen von sogenannten „Flüchtlingen" zu uns einreisen. Dies wird zwangsläufig zu einem Zusammenbruch der Sozialsysteme führen, die schon heute nur durch massive Steuern und Kredite aufrechterhalten werden können.

Die vorsätzlich verfehlte Einwanderungspolitik, die es ermöglicht, dass jedem Menschen aus der ganzen Welt, der es durch eine offene Grenze nach Deutschland hineingeschafft hat, dieselben Sozialleistungen wie der deutschen Bevölkerung zusteht, ist an Irrsinn und Ungerechtigkeit nicht zu übertreffen.

Wie dieser Zusammenbruch aussehen wird, ist noch nicht abzusehen, aber die Verteilungskämpfe werden gravierend sein.

Von Szenarien, die besagen, dass die deutschen Großstädte in Chaos und Gewalt versinken und es zu Plünderungen kommt, bis hin zu einem landesweiten Flächenbrand, der das ganze Land spaltet und Teile von Bundeswehr und Polizei auf Seiten der Bevölkerung einbezieht, ist alles möglich.

Ohne Zweifel wird es ein Kampf der unterschiedlichen Kulturen und Mentalitäten sein.

Deutsche gegen Migranten. Eingeborene gegen Zuwanderer.

Stammeshalter gegen Eroberer?

Egal, wie man es auch nennen mag, es werden Umverteilungskämpfe sein, die realistischerweise aber auch dazu führen, dass große Teile der deutschen Bevölkerung aufstehen und auf die Straße gehen werden. Unterstützt von Teilen der Bundeswehr, Polizei, Zoll und anderen uniformierten Einheiten, die auf Seiten der einheimischen Bevölkerung agieren werden.

Das Resultat wird ein gewaltiger Umbruch sein, der es aber dann der deutschen Bevölkerung ermöglichen kann, ihr Schicksal wieder selbst zu bestimmen und die Entscheidungen zu treffen, um die Ordnung wiederherzustellen und Deutschland wieder zu dem sicheren, gerechteren und erfolgreichen Land zu machen, das es vor wenigen Jahrzehnten noch war.

Es entsteht etwas Neues und Gutes aus den Ruinen der Politik der Einheitspartei.

Dies sind meine Visionen für die Zeit danach.

Ich habe mehrere entscheidende Themenbereiche alphabetisch aufgeführt, um dann nach einer Ist- und Soll-Bestandsaufnahme meine persönliche Lösung zu präsentieren.

Die Deutschen haben es in der eigenen Hand, ihr Schicksal selbst und neu zu bestimmen oder so weiter zu machen, wie bisher.

Jedoch wiederholt nur ein Narr immer wieder die gleichen Fehler und lernt nicht aus der Vergangenheit.

Wir sind aber das Volk der Dichter und Denker und nicht der Narren, selbst wenn man uns dies für eine lange Zeit hat vergessen lassen!

Zur Erklärung: Der „Ist-Zustand" ist als der Zustand zu definieren, der zu dem Niedergang Deutschlands geführt hat. Es wird angenommen, dass dieser „Ist-Zustand" beibehalten werden würde, wenn die Einheitspartei/das Parteienkartell weiter die Missgeschicke Deutschlands leiten würde. Dies ist unbedingt rechtsstaatlich zu verhindern.

Eine zweite Revolution nach dem Vorbild in der ehemaligen DDR ist daher anzustreben.

Der „Ist-Zustand" bezieht sich auf die aktuelle Realität.

Der Druck der Straße, egal ob diesem gewalttätige Zustände/Ausschreitungen vorausgegangen sind, ist entscheidend, um den „Soll-Zustand" herbeiführen zu können.

In Kurzform werden nun erforderliche Maßnahmen beschrieben, die allesamt umgesetzt werden könnten, insofern der politische Wille vorhanden wäre. Die Umsetzungen werden dann von entsprechenden Expertengremien detailliert ausgearbeitet und geplant.

<u>Lösungen nach dem Umbruch:</u>

Asyl

„Deutschland hat auf Grund der letzten Jahrzehnte für die nächsten Jahrzehnte hinsichtlich der Gewährung von Asyl bereits genug für die Menschenrechte getan. Wir können daher ganz getrost und ohne ein schlechtes Gewissen unser Asylrecht begrenzen. Schließlich haben wir es schon seit Jahren mehr als exzessiv gewährt."

Ist-Zustand:

Das Asylrecht ist quasi komplett ausgehebelt und außer Kraft gesetzt worden.

Jeder, der es durch die offene Grenze nach Deutschland schafft und nur das Wort „Asyl" über die Lippen bekommt, kann sich schon so gut wie sicher sein, Deutschland voll alimentiert nie wieder verlassen zu müssen.

Soll-Zustand:

Das Asylrecht muss wieder rechtsstaatlich greifen. Das bedeutet, dass politisch Verfolgte temporär Asyl in Deutschland genießen dürfen, bis sich der Zustand in ihrer Heimat wieder gebessert hat.

Dies bedeutet automatisch, dass Wirtschaftsasylanten, Klimaflüchtlinge, Glücksritter, Deserteure und Reisende kein Recht auf Asyl in Deutschland haben.

Erforderliche Lösungen:

Grenzkontrollen müssen wieder eingeführt und Aufnahmelager an der Grenze eingerichtet werden.

Schnelle Asylprüfungen vor Ort, die bei Ablehnung zur sofortigen Ausreise führen.

Wer ohne Papiere einreist, kann auch ohne Papiere wieder ausreisen.

Insbesondere für syrische und afghanische „Flüchtlinge" gilt, dass die Kriege in ihren Heimatländern beendet sind und damit der Aufenthalt in Deutschland automatisch endet.

Sie sind demnach in ihre Heimatländer zurückzuführen.

Der Familiennachzug ist einzustellen und bereits Zugereiste müssen wieder zurück in ihre Heimatländer.

Des Weiteren ist das Asylrecht einzuschränken, wenn die innere Sicherheit gefährdet sei oder wenn die Bevölkerung wirtschaftlich oder kulturell durch die Massenweinwanderung überfordert werde. Wenn der soziale Friede ernsthaft bedroht werde, muss der Gesetzgeber das Asylrecht einschränken. Genau dieses führte mit zum Zusammenbruch Deutschlands.

Deutschland hat sich selbst aufgeopfert, um Millionen von Menschen zu helfen, von denen nur ein kleiner Prozentsatz wirklich Anspruch auf Asyl besaß.

Diese Zeit muss endgültig vorbei sein, denn es gilt, dem eigenen Land zuerst zu helfen.

Es muss gelten: Asyl temporär und nur für wirklich politisch Verfolgte.

Hilfe vor Ort ist jedoch in jedem Fall vorzuziehen, da der Wert eines Euros außerhalb Europas wesentlich höher und hierzulande eher als sinnlos verbrannt anzusehen ist.

3. Ausländer

„Migration ist die Mutter, der Vater, die Großmutter und der Großvater aller Probleme!"

Ist-Zustand:

Die „erwünschte" Migration hat leider mit der realen Migration nicht das Geringste zu tun.

Deutschland wird seit vielen Jahren von einem Heer von Wirtschaftsasylanten, Armutsflüchtlingen und Glücksrittern geflutet, die diesem Land nicht das Geringste geben. Im Gegenteil, denn sie nehmen nur.

Von sogenannten „Fachkräften" kann nicht die Rede sein, denn der größte Teil der Migranten sind entweder Analphabeten oder nur sehr gering gebildet.

Sie sind auf Grund ihrer Kultur und Ideologie zudem für unsere westliche Gesellschaft völlig inkompatibel.

Sie fluten unsere Sozialsysteme, ohne jedoch jemals etwas in diese eingezahlt zu haben.

Der Irrsinn geht so weit, dass wir Kindergeld an Ausländer in ausländische Länder zahlen und Angehörige von Ausländern in deren Heimatland über deutsche Krankenkassen krankenversichern.

Mittlerweile gibt es in Deutschland wieder Krankheiten, die schon längst ausgerottet waren bzw. neue Erreger, gegen die wir noch gar keine Impfstoffe oder Behandlungsmöglichkeiten haben.

Die Meldefälle von Krätze und Tuberkulose sind drastisch angestiegen.

Millionen von Ausländern sind bereits straffällig in Erscheinung getreten und gefährden unsere innere Sicherheit. Von den Belastungen unseres Justizsystems ganz zu schweigen.

Die deutschen Gefängnisse sind überfüllt mit Ausländern, ohne die wir ganz andere Kriminalitätsstatistiken vorzuweisen hätten.

Bereiche der organisierten Kriminalität, insbesondere Drogenhandel, Schutzgelderpressung und Rotlicht werden von Ausländern dominiert.

In den Bereichen Gewaltdelikte, Betrug und Diebstähle sieht es ähnlich aus.

Mehr als zwei Millionen Ausländer beziehen Hartz IV.

Soll-Zustand:

In Deutschland ist jeder Ausländer willkommen, der arbeitet, seinen Beitrag leistet und nicht auf unsere Kosten lebt.

Dass er sich an unsere Gesetze zu halten hat und etwaige Ideologien oder andere Verhaltensweisen nicht anderen aufzwängen will, ist zudem selbstverständlich.

Erforderliche Lösungen:

Jeder Ausländer, der bereits oberhalb eines sogenannten „Bagatelldeliktes" straffällig in Erscheinung getreten ist, ist sofort auszuweisen.

Ebenso ist jeder Ausländer des Landes zu verweisen, der auf unsere Kosten lebt und nicht selbständig zum Wohle der Gesellschaft beiträgt.

Da dieses auf Millionen von Ausländern zutrifft, die fortan nicht mehr unseren Sozialsystemen und dem Justizsystem zur Last fallen, werden alleine dadurch Hunderte von Milliarden von Euro „frei", die unverzüglich für die eigene Bevölkerung und das eigene Land ausgegeben werden können.

Zusätzlich wird Deutschland wieder ein sicheres und wohlhabendes Land.

4. Bundeswehr

„Eine Armee hat ihr Land gegen innere und äußere Bedrohungen zu schützen. Das bedeutet weiterhin, dass von deutschem Boden nie wieder Krieg ausgehen wird. Unsere Soldaten haben nichts im Ausland zu suchen."

Ist-Zustand:

Die Bundeswehr ist eines der traurigsten Kapitel dieses Landes.

Sie ist nichts mehr als ein Ersatzteillager, das in einem erbärmlichen Zustand ist.

Kein Panzer fährt mehr, kein U-Boot taucht mehr, kein Schiff fährt mehr und kein Flugzeug oder Hubschrauber fliegt mehr.

Der Ist-Bestand an Gerätschaften und Gerät ist mehr als erbärmlich.

„Angeführt" wird diese Truppe, Armee kann man leider nicht mehr dazu sagen, von einer gelernten Ärztin, die auf politischem Gebiet ein einziger blamabler Totalausfall ist.

Die Bundeswehr ist inzwischen zu einer „Beraterarmee" verkommen, in der teure Zivilisten Militärs beraten, wie sie Krieg zu führen haben. Mit Verlaub gesagt, ist dies nichts weiter als ein schlechter Witz. Bei dieser Regierung ist vielmehr davon auszugehen, dass die Verteidigungsbereitschaft der deutschen Armee vorsätzlich und bewusst komplett zersetzt und außer Kraft gesetzt wurde.

Es ist von einem Verrat auf ganzer Linie auszugehen.

Des Weiteren wird die Truppe anscheinend bewusst zunehmend von immer mehr Ausländern und insbesondere Muslimen zersetzt. Gemäß dem Motto, dass eine rein deutsche Armee nicht die Waffen gegen die eigene Bevölkerung richten würde, jedoch eine multikulturelle Truppe dabei eine verminderte, wenn nicht sogar gar keine Hemmschwelle hätte.

Es ist bekannt, dass es bereits Pläne gibt, welche die Bundeswehr im Krisenfall, das heißt im Falle von Aufständen, auch im Inneren einsetzen lassen würde.

Die Tradition der Bundeswehr ist vorsätzlich zerstört, beschmutzt und verteufelt worden, so dass man heutzutage in vielen Bereichen nur noch von einer Dienstleistungsbereitschaft für unsere Politiker reden kann, aber nicht mehr von einer fähigen Landesverteidigung.

Tausende unserer Soldaten befinden sich in Krisengebieten auf der ganzen Welt, in denen sie nichts verloren haben.

Soll-Zustand:

Die Bundeswehr muss eine schlagkräftige und vollkommen einsatzbereite Armee sein, die nur für die Landesverteidigung eingesetzt werden darf.

Das technische Niveau ist auf dem höchstmöglichen Stand zu halten. Dazu zählt, dass alle Waffensysteme stets modernisiert und weiterentwickelt und ggf. ausgetauscht werden.

Das Selbstverständnis dieser Armee muss auf den preußischen Tugenden wie Disziplin, Loyalität und Tapferkeit beruhen.

Der Soldatenberuf muss wieder ein angesehener und hochgeachteter Berufszweig werden.

Seinem Land dienen zu dürfen , muss wieder als Ehre verstanden werden.

Erforderliche Lösungen:

Der Verteidigungszustand der Bundeswehr ist so schnell wie möglich wieder vollständig herzustellen.

Das bedeutet, dass alle Soll-Zustände hinsichtlich von Beständen und Einsatzbereitschaft komplett wieder herzustellen sind.

Dabei dürfen weder Kosten noch Mühen gescheut werden.

Dies beinhaltet selbstverständlich die volle Einsatzbereitschaft eines jeden Panzers, Flugzeuges, Schiffes und U-Bootes innerhalb der Streitkräfte.

Führungskräfte sind neu zu besetzen und auf Grund ihrer Einstellung, Moral und Bereitschaft, diesem Land und seiner Bevölkerung zu dienen, auszuwählen.

Die, dann ehemalige, Verteidigungsministerin ist wegen Hochverrats anzuklagen.

Ebenso sind alle Beraterverträge zu kündigen und alle Personen aus diesem Bereich unverzüglich zu entfernen.

Deutsche Soldaten sind aus Krisengebieten und Auslandseinsätzen wieder heimzuholen.

Soldaten, die einem fremden Kulturkreis entstammen oder muslimisch sind, sind ebenfalls aus den Streitkräften zu entlassen. Ausnahmen sind Dolmetscher mit denen man in zeitlich begrenzten Einsätzen kooperiert.

Die Kultur der Bundeswehr muss wieder einer einsatz- und verteidigungsfähigen Armee würdig sein und gerecht werden.

5. Bildung

„Das Land der Dichter und Denker ist nichts mehr als ein Land der geistigen Richter und Henker."

Ist-Zustand:

Deutschland war einmal in Sachen Bildung, Fortschritt und Wissenschaft mit führend in der Welt.

Davon ist nicht mehr viel übriggeblieben.

Das Schulsystem ist marode und in den Universitäten gibt es heutzutage Studiengänge, die niemandem jemals etwas nützen werden.

Das Niveau in den Grundschulen und auf den weiterführenden Schulen ist rapide abgesackt, weil unter anderem „Flüchtlingskinder" und andere Ausländer die Lernentwicklung drastisch behindern.

Man orientiert sich nicht mehr daran, das gesamte Kollektiv nach vorne zu bringen, sondern hält sich mit denen auf, die weder Deutsch lesen oder Schreiben können.

Das zieht logischerweise den gesamten Durchschnitt stark nach unten. Das krampfhafte Gleichmachen (Inklusion) in Schulklassen überfordert die Leistungsschwächeren und unterfordert die Leistungsstärkeren.

Die Verhältnisse an deutschen Schulen sind katastrophal.

Es fängt mit fehlenden finanziellen Mitteln an und hört mit dem asozialen Verhalten von Schülern und Schülerinnen gegenüber anderen Mitschülern und Lehrkräften auf.

Das Abitur setzt keine hohen Erwartungen mehr voraus, da man gleichschaltet, wo es nur geht und somit auch das Lernniveau extrem senkt.

Das deutsche Bildungssystem ist am Boden.

Soll-Zustand:

Angefangen vom Kindergarten bis hin zu den weiterführenden Schulen muss wieder Disziplin, Fleiß und Benehmen gelehrt werden.

Der Respekt vor dem anderen und das Einhalten von Regeln.

Grundschulklassen müssen größtmöglich autochthon gehalten werden, um ein höchstmögliches Niveau zu erzielen und im Lernstoff nicht hinterher zu hängen.

Deutschland muss wieder das hohe Niveau erreichen, das wir einst als Normalzustand kannten.

Dasselbe gilt für weiterführende Schulen und Universitäten.

Erforderliche Lösungen:

Die Jugend ist das größte Kapital eines Landes.

Daher ist diese mit größter Priorität zu fördern.

Kostenloser Kita-Besuch für alle deutschen Kinder.

Einstellen von Erziehern.

Werteorientierte und -stärkende Schulfächer, wie Heimatkunde und –geschichte, sind wieder in die Lehrpläne aufzunehmen.

Investitionen in die Sanierung von Schulen und Universitäten, sowie in die technische Ausstattung.

Einstellen von zusätzlichen Lehrkräften.

Anhebung des Lernniveaus.

Elitenbildung und die Förderung von Hochbegabten.

Das deutsche Bildungssystem muss als elementare Grundlage unserer Zukunft angesehen und demnach auch angemessen finanziert werden.

Förderschulen und das dreistufige Schulsystem sind wiederherzustellen.

6. Digitalisierung

„Deutschland ist gerade dabei, die Zukunft zu verschlafen."

Ist-Zustand:

Deutschland ist im Bereich der Digitalisierung, also der digitalen Umwandlung/Revolution ein Entwicklungsland. Es herrscht ein akuter ITK-Fachkräftemangel und ebenso ist die Netzabdeckung bundesweit ein einziges Fiasko.

Soll-Zustand:

Innovation und Technik sind die Grundlagen für eine erfolgreiche Zukunft Deutschlands.

Digitale Innovationsstrategien sind schnell und erfolgreich umzusetzen. Im ITK-Bereich (Informations- und Telekommunikationstechnik) sind genügend einheimische Fachkräfte ausgebildet. Die politischen Ressorts meistern die Herausforderungen der digitalen Gesellschaft.

Erforderliche Lösungen:

Wirtschaft, Wissenschaft und Politik müssen im Verbund und enger Abstimmung schnell handeln, um im internationalen Vergleich nicht den Anschluss zu verlieren.

Die deutschlandweite Versorgung von Glasfaser und schnellstmöglicher Netzabdeckung sind zu gewährleisten.

7. Deutsche Pässe

„Papier kennt keine Nationalität."

Ist-Zustand:

Die deutsche Staatsangehörigkeit wird vorsätzlich und ungemindert regelrecht verschenkt.

Personen, die weder in Deutschland geboren wurden, keine deutschen Eltern haben, nichts mit unserer Kultur gemein haben, geschweige denn fließend Deutsch sprechen, bekommen ein Stück Papier ausgehändigt, welches sie zu „Deutschen" macht.

Soll-Zustand:

Deutscher kann nur sein, wer deutsche Eltern besitzt oder in Deutschland geboren wurde. Und selbst im Falle einer Geburt ist streng zu prüfen, ob auf Grund von kulturellen Unterschieden überhaupt ein deutscher Pass in Frage kommt.

Erforderliche Lösungen:

Deutscher ist, wer deutsche Eltern hat.

Jeder andere Fall ist im Einzelfall genau zu prüfen.

Die fahrlässige Vergabe der deutschen Staatsangehörigkeit ist rückwirkend zu prüfen und in vielen Fällen auch wieder rückgängig zu machen.

8. Europa

„Europa ist ein Kontinent, dem derzeit 47 unabhängige Staaten angehören. Die EU besteht aus 28 Mitgliedsländern. Wieso maßt sich dann die EU überhaupt an, von Europa zu sprechen, wenn knapp die Hälfte der anderen Staaten gar nicht zu ihr gehört? Europa ist eine schöne Idee, die funktionieren kann, wenn jedes Land frei und unabhängig für sich steht und mit vielen anderen Nationalstaaten ein freies Europa bildet."

Ist-Zustand:

Die Brüsseler Krake steuert eine EU-Diktatur an. Grenzen sollen verschwinden, Nationalstaaten aufgelöst werden und die nationale Unabhängigkeit und Souveränität verbunden mit nationalen Rechten soll vollständig an eine EU-Verwaltung abgetreten werden.

Die bürokratischen Eliten verfolgen das Ziel eines technokratischen Superstaates „Europa", in dem jeder europäische Nationalstaat unter ihrer Führung aufgeht.

Der große Zentralstaat soll dann die „Vereinigten Staaten von Europa" sein.

Das Ziel der Globalisten-Eliten, welche diesen Suprastaat wollen, ist es, die Völker und Nationalstaaten aufzulösen, um homogene und in sich geschlossene Völker zu beseitigen. Eine zerstrittene und uneinige Gemeinschaft ist nämlich leichter zu regieren und stellt keinen ernstzunehmenden Widerstand mehr dar.

Aus diesem Grund wird eine Massenimmigration aus außereuropäischen Ländern, vor allem aus dem islamischen und afrikanischen Raum gefördert, mit dem Ziel ein „buntes“ Sammelsurium ohne ethnische Solidaritätsstruktur zu erschaffen.

Eine in sich geschlossene Gemeinschaft in einem funktionierenden Rechtsstaat stellt die größte Gefahr für die Bestrebungen der „One-World“ ohne Grenzen und ohne Unterschiede dar.

Aus genau diesem Grund wird auch so vehement gegen alles Nationale und Patriotische angekämpft.

Soll-Zustand:

Ein starkes Europa kann nur funktionieren, wenn die Nationalstaaten zusammenarbeiten, aber jedes Land für sich das Beste erreichen will. Nationales Recht steht über europäischem Recht.

Nationale Souveränität darf niemals abgegeben werden.

Erforderliche Lösungen:

Abbau der EU-Verwaltung und Reduzierung der EU-Rechte.

Deutschland muss ein souveränes und freies Land bleiben, das im europäischem Staatenverbund verbleibt, aber primär nationale Politik für die eigene Bevölkerung betreibt.

Rückführung der EU auf das Maß der einstmals zukunftsweisenden Europäischen Wirtschaftsgemeinschaft (EWG).

9. Familienpolitik

„Die Zukunft eines jeden Landes liegt im Wohl seiner Jugend."

Ist-Zustand:

Deutsche Familien werden nicht ausreichend gefördert und unterstützt.

Die Geburtenrate in Deutschland ist niedrig, Beruf und Familie lassen sich oft nur schwer miteinander vereinbaren.

Deutschland steht weltweit auf dem letzten Platz, wenn es um die Zahl der Geburten pro 1000 Einwohner geht. Ein Grund dafür ist, dass der Anteil der Frauen ohne Kind ist im Laufe der vergangenen Jahrzehnte kontinuierlich angestiegen ist. Im Jahre 2012 blieb beispielsweise jede fünfte Frau zwischen 40 und 44 Jahren kinderlos.

Ergo erzeugen deutsche Familien zu wenige Kinder, um den Fortbestand des Landes langfristig zu gewährleisten.

Soll-Zustand:

Um den Fortbestand eines Landes zu sichern, ist eine Geburtenrate von ca. 2.4 Kindern notwendig.

Dieses muss gefördert und erreicht werden.

Erforderliche Lösungen:

Kinderbetreuung außerhalb der Familie in Form von sogenannten „Kinderkrippen“ für voll berufstätige Eltern.

Erhöhung des Kindergeldes für deutsche Kinder um das Doppelte.

Kostenlose Kita-Plätze inklusive kostenloser Mahlzeiten.

Deutliche Steuervergünstigungen für kinderreiche deutsche Familien.

Besondere Unterstützung von Familien mit Kindern staatlicherseits in jedem möglichen Bereich.

10. Finanzpolitik

„Die Gesamtheit der finanzwirtschaftlichen Überlegungen und Maßnahmen eines Staates sollte in erster Linie darauf ausgelegt sein, dem eigenen Land zu dienen und nicht das Geld an Fremde zu verschenken oder die Gier von Wirtschaftsbossen, Vorständen und Globalisten zu bedienen, geschweige denn halsbrecherische Bankenrettungen zu betreiben."

Ist-Zustand:

Die zahlreichen Milliarden der deutschen Steuerzahler werden zweckentfremdet, unterschlagen und regelrecht veruntreut. Anders kann man es nicht nennen, wenn Hunderte von Milliarden für Menschen ausgegeben werden, die keine Deutsche sind und auch noch niemals als Steuerzahler tätig waren.

Unmengen von Geld werden in Form von Geschenken und Krediten ins Ausland gepumpt, obwohl dieses dringend in Deutschland benötigt wird.

Soll-Zustand:

Das Geld der Steuerzahler und die sonstigen Einnahmen des Staates sind erstrangig dem Bürger in Form von Dienstleistungen in Sach- und Serviceform wiederzugeben.

Dazu gehören die staatlichen Verpflichtungen in den Bereichen Soziales, Justiz, innere und äußere Sicherheit, Renten, Pflege, Infrastruktur, Kultur, Digitalisierung, usw.

Erforderliche Lösungen:

Steuereinnahmen sind für das eigene Land und die eigene Bevölkerung zu investieren. Des Weiteren sind die Verbindlichkeiten des Bundes abzutragen. Wenn dieses bestmöglich erfolgt ist, kann man sich über Entwicklungshilfe oder andere Aufbauhilfen Gedanken machen.

Es gilt die einfache Lösung: Deutschland immer zuerst!

11. Familienclans

„Wer sich dem Primitiven, Aggressivem und Brutalem beugt, der verrät nicht nur das Recht, sondern lässt im übertragenen Sinn seine eigenen Frauen und Kinder im Stich.“

Die libanesischen/arabischen Familienclans sind eine ernsthafte und konkrete Bedrohung unseres Landes und seiner Bevölkerung. Sie sind als eine Art von aggressiven und unverschämten Personen anzusehen, die nichts anderes als ein unerträgliches Eroberergebahren an den Tag legen.

Ist-Zustand:

Die Clans sind als eine Art Invasionsarmee anzusehen, die in betrügerischer Absicht vor vielen Jahren in Deutschland eingereist sind.

Dem lag zugrunde, dass man vorsätzlich seine Pässe weggeworfen hat, um seine wahre Identität zu verheimlichen und einer Abschiebung zu entgehen.

Die sogenannten „arabischen“ Clans kommen alle aus dem Südosten der Türkei, speziell aus der Stadt Mardin und sie sind in Wirklichkeit Kurden.

Ca. 90 Prozent aller sogenannter „Libanesen“ leben von Hartz 4.

Sie leben in Parallelgesellschaften und vertreten in reaktionärer Art und Weise den muslimischen Glauben.

Sie sind mittlerweile in fast jeder deutschen Großstadt maßgeblich an der vorherrschenden Kriminalität beteiligt. Die organisierte Kriminalität wird maßgeblich von ihnen „bereichert".

Soll-Zustand:

Rigorose Durchsetzung des Rechtsstaats gegen die kriminellen Machenschaften dieser Großfamilien.

Großangelegte Razzien, Festnahmen, Anklagen, Haftstrafen mit anschließender Abschiebung.

Gelder, Besitztümer, Immobilien und Liegenschaften dieser kriminellen Strukturen sind zu beschlagnahmen und Konten einzufrieren.

Null-Toleranz-Strategie.

Die Clans/Großfamilien sind generell wieder in ihre Heimat abzuschieben.

Erforderliche Lösungen:

Eine wirtschaftliche Lösung mit der Türkei ist anzustreben. Pro Kopf wird eine „Rücknahme-Summe" vereinbart, die dazu führt, dass die Person einen Pass ausgestellt bekommt und daraufhin abgeschoben werden kann und wird.

Diese wirtschaftliche Lösung ist zudem um ein Vielfaches günstiger, als wenn die Person ein Leben lang mit seiner kinderreichen Familie auf Kosten des Steuerzahlers in Deutschland verweilt.

Dies gilt ebenso für Gefängnisstrafen, die in der Türkei verbüßt werden können.

Bereits ausgestellte deutsche Pässe werden wieder eingezogen.

Konfiszierte Güter, Gelder und Besitztümer sind dem Allgemeinwohl zuzuführen.

Das stammestypische Verhalten, die extrem hohe Kriminalität zahlreicher Clanmitglieder und die gravierenden kulturellen Unterschiede machen es erforderlich, dass die Clans vollständig aus Deutschland ausgewiesen werden.

12. Gender

„Seit Anbeginn der Menschheit gibt es zwei Geschlechter. Mann und Frau. Punkt."

Ist-Zustand:

Der Genderwahn hat in Deutschland Züge angenommen, die nicht mehr ernst zu nehmen sind und die vollkommen aus dem Ruder laufen.

„Gendergerechte" Sprache, Verhaltensformen, 3. Toilette und viele weitere Absurditäten sollen Einzug in unsere Gesellschaft nehmen.

Soll-Zustand:

Das Thema Gender ist ein unbedeutendes Thema innerhalb einer Gesellschaft.

Es gibt weder „gendergerechte" Sprache noch ein drittes Geschlecht oder dritte Toiletten.

Erforderliche Lösungen:

Komplette Rückabwicklung des Genderwahns.

Auflösung von pseudowissenschaftlichen Gender-Lehrstühlen an deutschen Universitäten.

13. Grenzen

„Ein Land, das seine Grenzen aufgibt, hat begonnen nicht mehr zu existieren."

Ist-Zustand:

Deutschland besitzt real keine Grenzen mehr. Dies gehört zu dem Bestreben der herrschenden „Eliten" den Nationalstaat abzuschaffen.

Es gibt keine Grenzsicherung und keine Grenzkontrollen mehr und daran soll sich auch nichts ändern. Jeder, der es über die offene Grenze schafft, nach Deutschland einzureisen, kann sich einer lebenslangen Sozialversorgung sicher sein.

Soll-Zustand:

Deutschland muss ein sicheres Land sein, das seine Grenzen schützt und Migranten bei ihrer versuchten Einreise kontrolliert und auch wieder abweist.

Der gemeinschaftliche Schutz der europäischen Außengrenzen ist wieder hergestellt, so dass die Freizügigkeit innerhalb des Schengenraumes wieder gewährleistet ist.

Erforderliche Lösungen:

Verlegung von Einheiten des Bundesgrenzschutzes/Bundespolizei an die Staatsgrenzen,

Wiederaufnahme der Grenzsicherung und Durchführung von Grenzkontrollen. Sofortige Abweisung von Wirtschaftsasylanten, „Klimaflüchtlingen“, Desperados, Deserteuren, Fundamentalisten und unbegleiteten minderjährigen „Flüchtlingen“.

14. Islam

„Das Mittelalter, rückständiges Denken, Intoleranz und Unterdrückung gehören nicht in ein westliches und modernes Land wie Deutschland. Sie gehören vielmehr in kein einziges westliches Land in Europa."

Der Islam ist eine Ideologie. Genauer bezeichnet eine rückständige und rückwärtsgewandte 1400 Jahre alte Beduinenkultur, die Frauen unterdrückt, intolerant gegenüber Andersdenkenden und Minderheiten ist, Tierquälerei betreibt und im Mittelalter stehen geblieben ist.

Die arabische Bedeutung von „Islam" heißt „Unterwerfung".

Der Islam ist auf Eroberung, Übernahme und Unterwerfung aus.

Solange er in der Minderheit ist, gibt er sich ruhig und friedliebend.

Je mehr Einfluss er gewinnt, je lauter, fordernder und aggressiver wird er.

Seine Ideologie ist mit dem westlichen Leben und Werten vollkommen inkompatibel.

Ist-Zustand:

Der Ideologie des Islam wird in Deutschland der rote Teppich ausgerollt.

Politik, Medien und Teile der Gesellschaft biedern sich förmlich an, um dieser Ideologie in Deutschland den Weg zu bahnen.

Muslime erhalten die deutsche Staatsbürgerschaft, werden bevorzugt in Sicherheitsbehörden wie Polizei und Bundeswehr eingestellt und sollen bewusst ein deutliches Mitsprache- und Mitgestaltungsrecht erhalten.

Soll-Zustand:

Ein freies, modernes und liberales Land wie Deutschland darf nicht dulden, geschweige denn fördern, dass sich eine intolerante und frauenverachtende Ideologie, wie es der Islam ist, in Deutschland ausbreitet.

Muslime dürfen in Deutschland selbstverständlich leben, insofern sie arbeiten, sich an unsere Gesetze halten und nicht versuchen, in offensiver Weise ihren Glauben zu verbreiten.

Dies ist in muslimischen Ländern ebenso verboten und steht dort nicht selten unter Todesstrafe.

Die deutsche Bevölkerung wird sich in keinster Weise in ihrem Verhalten ändern, anpassen oder aus Rücksicht auf Gewohnheiten verzichten.

Dies gilt für Speisepläne in Kindergärten, Schulen, Mensas oder Kantinen.

Ebenso wird auch beruflich keinerlei Rücksicht auf Bräuche genommen, die das Arbeitsklima verschlechtern oder Risiken hervorrufen könnten.

Die Anzahl der Moscheen ist auf einem erträglichen Maß zu halten.

Die Islamisierung ist vollständig zu stoppen und wieder rückgängig zu machen.

Erforderliche Lösungen:

Konsequente Abschiebung von abgelehnten Asylbewerbern, Wirtschaftsasylanten, ehemaligen Taliban-Kämpfern, ehemaligen IS-Angehörigen und ihrer Familien.

Abschiebung oder Ausweisungen von Gefährdern und radikalen Fundamentalisten.

Entziehung der deutschen Staatsangehörigkeit.

Keine Baugenehmigungen mehr für Großraummoscheen.

Durch den Erhalt und die Bewahrung der errungenen westlichen, modernen und liberalen Werte, verbunden mit einer Null-Toleranz-Strategie gegen Intoleranz und das Einstellen von Wirtschaftsleistungen an die oben genannten Personengruppen, werden ohnehin viele Adressaten von ganz alleine Deutschland wieder verlassen.

15. Israel

„Wer ständig in der Vergangenheit lebt, beraubt sich der Möglichkeit, eine bessere Zukunft zu gestalten.“

Ist-Zustand:

Es kommt einem Wahn gleich, dass ein ganzes Land unentwegt und ständig von einer pseudomoralischen Instanz, vertreten durch Politik und Medien, regelrecht dazu gezwungen wird, sich einer ständigen Schuld gewiss zu sein und sich zu dieser zu bekennen.

Soll-Zustand:

Fast 80 Jahre nach den schlimmen Verbrechen Nazi-Deutschlands soll und muss man sich an diese Zeit und ihre Verbrechen erinnern, aber Deutschland muss die unerträgliche und destruktive Last der „immerwährenden Schuld“ endlich ablegen.

Erforderliche Lösungen:

Die Beziehungen zu Israel müssen freundschaftlich weitergeführt werden.

Ein Vergessen wird es nicht geben, aber der erdrückende allgemeine Schuldkult, der Deutschland auferlegt wurde, muss sukzessive abgebaut werden.

16. Justiz

„Vom Land der Dichter und Denker, zum Land der Richter und Henker. Der Richter unseres Rechts und der Henker unseres Rechtsstaats."

Ist-Zustand:

Das deutsche Justizsystem ist völlig überlastet.

Es gibt viel zu wenige Staatsanwälte und Richter.

Staatsanwälte sind zudem politisch weisungsgebunden und vertreten nicht mehr die Interessen des eigenen Landes und des eigenen Volkes.

Es gibt einen sogenannten „Migranten-Bonus", der einerseits die angemessene Verfolgung von Straftaten, die von Ausländern begangen werden, verhindert, als auch dazu führt, dass schwerwiegende Taten nur selten zu angemessenen Verurteilungen führen.

Migranten können vielmehr vor deutschen Gerichten mit großzügiger Milde in Form von Freisprüchen und Bewährungsstrafen rechnen. Das Töten eines Menschen wird in der Regel mit nur wenigen Monaten Gefängnis „bedacht".

Schwerkriminelle müssen aus der U-Haft entlassen werden, weil aufgrund der Überbelastung Fristen nicht eingehalten werden.

Unsere Gefängnisse sind größtenteils alt, marode und baufällig.

Justizvollzugsbeamte sind unterbezahlt und genießen viel zu selten die volle Rückendeckung des Staates.

In Deutschland hat man mehr Verständnis für die Täter, als für die Opfer.

Soll-Zustand:

Wer gravierend gegen geltendes Recht verstößt und somit der Allgemeinheit schadet, ist hart zu bestrafen.

Staatsanwälte müssen die Interessen des eigenen Staates, also des eigenen Volkes, vertreten.

Dazu gehören entschlossene Anklagen gegen Schwerkriminelle, die organisierte Kriminalität und Clans.

Richter müssen wieder Recht sprechen und das Strafmaß angemessen ausfüllen.

Erforderliche Lösungen:

Staatsanwälte und Richter müssen unabhängig von Parteibuch, politischer Ausrichtung, politischer Korrektheit und Gefälligkeit anklagen bzw. Recht sprechen.

Die Verfilzung und die Einflussnahme der Politik im aktiven und passiven Bereich ist vollständig auszumerzen.

Gewährleistung der Trennung von politischer Funktion und Amt.

Der Tümpel der Rechtlosigkeit ist auszutrocknen.

Recht muss Recht bleiben und Recht darf niemals dem Unrecht weichen!

17. Krankenversicherung

„Jeder Deutsche hat das Anrecht auf eine bestmögliche ärztliche Versorgung."

Deutschland hat das weltweit älteste soziale Krankenversicherungssystem, dessen Gründung auf Otto von Bismarck zurückgeht.

Ist-Zustand:

Die Zustände in deutschen Krankenhäusern haben sich im Laufe der Jahre zunehmend verschlechtert.

Es gibt kaum noch deutsche Ärzte und auch das Personal besteht zu großen Teilen aus einer nichtdeutschen Belegschaft.

Es fehlt an qualifizierten deutschen Ärzten und an qualifiziertem Personal.

Während Fremde, ohne jemals etwas eingezahlt zu haben, auf volle ärztliche Vollversorgung inklusive neuer Zähne vertrauen können, müssen Deutsche ganz oder dazu bezahlen und bekommen in nicht seltenen Fällen nur eine Grundversorgung.

Das Gesundheitssystem in Deutschland steht am Rande des Kollapses.

Soll-Zustand:

Das Gesundheitssystem muss wieder auf den für deutsche Verhältnisse gewohnten hohen Stand geführt werden.

Für jeden Deutschen muss eine qualitativ hochwertige gesundheitliche Behandlung gewährleistet werden.

Die Landflucht deutscher Ärzte muss entgegengewirkt werden.

Krankenhäuser sind auf technisch höchstem Niveau zu halten.

Erforderliche Lösungen:

Finanzielle Mittel sind genügend vorhanden, um das deutsche Gesundheitssystem wieder auf ein angemessenes Niveau zu heben.

Das einzige was fehlt, ist der politische Wille.

Der Missbrauch des deutschen Krankensystems durch Zuwanderer ist ein Ende zu setzen.

18. Merkel

„Angela Merkel ist das größte Unheil, das Deutschland seit dem 2. Weltkrieg heimgesucht hat."

Ist-Zustand:

Bundeskanzlerin Angela Merkel ist eine Hochverräterin, Rechtsbrecherin, Lügnerin und eine völlig inkompetente Blamage für dieses Land.

Sie betreibt im Auftrage auswärtiger Interessen mit Hochdruck die Abschaffung Deutschlands als Nationalstaat und als Ganzes.

Sie ist eine willfährige Marionette der „One-World"-Eliten und Globalisten, die vorsätzlich dazu beiträgt, einen Bevölkerungsaustausch in Deutschland durchzuführen.

Unendliche Mengen an Geld sind unter ihrer Regentschaft verschenkt, zweckentfremdet und letztendlich verbrannt worden.

Unter ihrer Regie ist Deutschland zu einer DDR 2.0 verkommen.

Eine Autokratie, die ihr und ihrer Einheitspartei (CDU/CSU/SPD/Grüne/FDP) im Verbund mit einer gleichgeschalteten Staatspresse und Zensurgesetzen die Herrschaft sichert.

Angela Merkel hat Deutschland an den Abgrund gebracht und ist verantwortlich, dass nicht nur ein Land, sondern ganz Europa in Gefahr geraten und gespalten ist.

Sie ist die Verantwortliche für die gezielte und gesteuerte Masseneinwanderung von Millionen von sogenannten „Flüchtlingen“.

Sie ist ebenfalls verantwortlich für den wirtschaftlichen Niedergang Deutschlands, die Altersarmut, eine gescheiterte und völlig planlose Energiewende und dass der Islam sich in Deutschland ausbreiten konnte.

Angela Merkel hat Deutschland vorsätzlich vor die Wand gefahren.

Soll-Zustand:

Deutschland muss von einer Persönlichkeit im Amt des Bundeskanzlers vertreten werden, die ihre Heimat liebt, absolut kompetent ist und über Charakter und Ausstrahlung verfügt.

Kurzum, das genaue Gegenteil einer Angela Merkel.

Erforderliche Lösungen:

Bundeskanzlerin Angela Merkel ist für ihren Verrat und die unzähligen Rechtsbrüche anzuklagen und vor ein deutsches Gericht zu stellen, vor dem sie sich für ihre Taten verantworten muss.

Wünschenswert wäre, eine langjährige Haftstrafe und eine damit verbundene persönliche Haftung.

Eine Anklage wäre im höchsten Falle notwendig, um ein gespaltenes und zerstörtes Land moralisch wieder zu einen und zugefügte Wunden zu schließen.

Recht darf nicht dem Unrecht weichen.

19. Nato

„Ein Bündnis erfüllt nur seinen Zweck, wenn es seinen Prinzipien treu bleibt."

Ist-Zustand:

Die Nato verkommt immer mehr zu einer Hilfsgemeinschaft, die sich an Angriffskriegen und geopolitischen Konflikten beteiligt.

Die völlig unnötige und Russland gegenüber höchst anmaßende und vertragsbrüchige Ost-Erweiterung verschärft die außenpolitische Lage nur zusätzlich.

Das unnötige Säbelrasseln an Russlands Außengrenze ist fahrlässig, gefährlich und zu verurteilen.

Soll-Zustand:

Die Nato muss wieder ein reines Verteidigungsbündnis werden, dass sich gegenseitig nur im Angriffsfall auf ein Mitgliedsland hilft.

Die Mitgliedsstaaten sind keine Hilfstruppen und willfährige Gehilfen der Großmacht USA.

Die Osterweiterung ist deutlich zu entschärfen und die Beziehungen zu Russland sind wieder zu intensivieren. Der Frieden und die Deeskalation müssen die höchsten Grundsätze sein.

Erforderliche Lösungen:

Deutschland muss wieder eine starke und voll einsatzfähige Armee besitzen, die eine gewichtige Rolle in der Nato spielt. Diese Rolle muss diplomatisch, friedfertig und deeskalierend sein.

Eine starke Stimme Deutschlands in der Nato wird stets an die einstigen Prinzipien des Bündnisses erinnern.

20. Parteien

„Sie sind allesamt nichts weiter als eine Beutegemeinschaft, die sich diesen Staat zum Opfer gemacht hat.“

Ist-Zustand:

Es gibt in Deutschland, bis auf eine einzige Ausnahme, nur Parteien im Bundestag, die weder das Wohle Deutschlands noch das des deutschen Volkes als höchste Maxime vertreten.

Es ist vielmehr eine einzige Ansammlung von Personen, die nur im egoistischen Sinne ihren eigenen Vorteil verfolgen und die Wünsche diverser Lobbys vertreten und umsetzen.

Soll-Zustand:

Parteien haben dem Land zu dienen, in dem sie ansässig sind.

Politiker sind zeitlich begrenzte Angestellte der Bevölkerung, die nur eine einzige Legitimation und Bestimmung haben: Die Interessen der Bevölkerung bzw. ihrer Wähler zu vertreten.

Persönliche Bereicherung, wirtschaftliche Verflechtungen sowie Lobbyarbeit sind nicht zulässig.

Die Tätigkeit eines Politikers muss transparent moralisch einwandfrei und legal sein.

Ein Politiker ist für sein politisches Handeln dem Volke gegenüber verantwortlich.

Erforderliche Lösungen:

Auflösung der Einheitspartei (CDU/CSU/SPD/Grüne/FDP/Linke), die ohnehin nur aus modernen Blockparteien besteht. Der fatale Niedergang Deutschlands wäre ohne die einheitlichen Bestrebungen des Altparteienkartells nicht möglich gewesen.

Neugründungen von Parteien wie beispielsweise der konservativen Republikaner (nach US-Vorbild und nicht mit den bundesrepublikanischen „Republikanern" zu verwechseln) und den sozialliberalen Demokraten. In den USA steht das Wohl des eigenen Landes jedoch für beide Parteien im Vordergrund und ist nicht mit der Ablehnung des eigenen Landes und Begrifflichkeiten wie „Volk" und „Nation" zu vergleichen.

Politikern ist es untersagt, während ihrer aktiven Zeit in Aufsichtsräten zu sitzen oder sonstige Posten oder Ämter in der freien Wirtschaft zu bekleiden. Ebenfalls ist jede Lobbyarbeit zu unterlassen.

Amtszeiten sind zudem temporär zu begrenzen.

21. Pflegesystem

„Ein Land muss sich immer um die Schwächsten kümmern, worunter zweifelslos die älteren Menschen zählen. Sie haben Deutschland wiederaufgebaut und ihnen gebührt unser Dank, unsere Anerkennung und Wertschätzung."

Ist-Zustand:

Das deutsche Pflegesystem ist eine beschämende Katastrophe und unter den herrschenden Zuständen droht ihm der Kollaps.

Es gibt viel zu wenig Pflegekräfte für viel zu viele ältere Menschen und Bedürftige.

Dieser Pflegenotstand führt dazu, dass Bedürftige nur noch unzureichend betreut und versorgt werden und ein Altern in Würde nicht mehr möglich ist.

Im Vergleich mit den hochentwickelten OECD-Ländern unterhält Deutschland eines der billigsten Pflegesysteme.

Es herrschen flächendeckend Niedriglöhne, Personalmangel und die Arbeitsbedingungen sind eine

Katastrophe.

Soll-Zustand:

Unsere älteren Menschen müssen in Würde altern können.

Dazu gehört, dass es genügend Pflegestellen gibt und diese unter bestmöglichen Voraussetzungen, ohne Stress und

Zeitdruck ihren Dienst an unseren älteren Menschen und Pflegebedürftigen leisten können.

Erforderliche Lösungen:

Der Pflegeberuf muss wieder attraktiver gemacht werden.

Das geht nur mit mehr Geld, mehr Einfluss, mehr Anerkennung und guten Arbeitsbedingungen.

Wer der Allgemeinheit dient, soll dieses auch zusätzlich angemessen vergütet bekommen.

Die notwendigen Gelder sind dafür vorhanden.

Ein angemessener Pflegeschlüssel in Anzahl ausreichender Schichtbesetzungen ist verpflichtend einzuführen.

Teilzeit und Niedriglohn in der Pflege sind zu verbieten.

22. Polizei

„Die Aufgaben der Polizei sind es, die Bevölkerung zu schützen, Kriminalität zu verhindern und Straftaten aufzuklären. Und dieses alles nicht nur in der Theorie, denn die Politik verhindert oft die effiziente Umsetzung in der Praxis."

Ist-Zustand:

Die Polizei in Deutschland steht nur allzu oft auf verlorenem Posten, weil sie von der Politik im Stich gelassen wird.

Gesetze können nicht durchgesetzt werden, weil eine rückgratlose und feige Politik lieber vor dem Unrecht kapituliert, als sich dagegen zu stellen und dieses angemessen zu bekämpfen.

Der Rechtsstaat wurde quasi abgeschafft und funktioniert nur noch dort, wo es darum geht, dem harmlosen deutschen Bürger einen Strafzettel zu verpassen und diesen auch bis zum Ende einzufordern, während man vor Clans und Schwerkriminellen kuscht.

Polizeipräsidenten sind keine Polizisten, sondern einfach nur Personen, die anhand ihres Parteibuches eine Polizeibehörde/Präsidium leiten. Sie sind demnach nicht vom Fach und besitzen auch nicht die notwendige Qualifikation. Sie setzen nur den Willen der Politik um.

Die Polizei ist personell unterbesetzt und die Ausrüstung ist oft veraltet.

Die politische Unterstützung ist oft nicht gegeben und der Polizeiberuf ist ein undankbarer Dienst für die Allgemeinheit.

Weiterhin stellt die Polizei vermehrt Migranten, insbesondere Muslime ein.

Somit holt man sich oft den „Feind“ in die eigenen Reihen, was viele Beispiele von Polizeischülern mit Clanhintergrund bereits in der Vergangenheit bewiesen haben.

Das Anforderungsprofil ist extrem gesenkt worden und selbst unzureichende Deutschkenntnisse sind keine Ausschlussgründe mehr.

Es wird teilweise noch nicht einmal mehr die deutsche Staatsangehörigkeit benötigt, um Polizeibeamter zu werden.

Soll-Zustand:

Die Polizei muss sich der vollen Unterstützung der Politik sicher sein.

Sie muss personell voll besetzt und technisch auf modernstem Niveau ausgestattet sein.

Polizeiführer und Polizeipräsidenten müssen aus Kreisen der Polizei, also vom Fach, kommen.

Ein funktionierender Rechtsstaat ist eine der Grundvoraussetzungen für eine effiziente Polizeiarbeit.

Dazu gehört eine Null-Toleranz-Strategie gegen Kriminelle und kriminelle Strukturen.

Streifenbesatzungen müssen speziell geschult und ausgebildet werden, um der steigenden Aggressivität entsprechend entgegentreten zu können.

Zusätzliche Bewaffnung in Form von Maschinenpistolen des Typs MP5 auf den Streifenwagen.

Stärkung der Spezialeinheiten: GSG9, SEK`s, BFE+, BFE.

Die deutsche Polizei muss der eigenen Bevölkerung dienen und völlig immun gegen Korruption und Vetternwirtschaft sein.

Erforderliche Lösungen:

Klare Trennung von politischer Einflussnahme und erforderlichen Handeln der Polizei.

Die Politik muss die Polizei im vollen Umfang unterstützen, ausrüsten und rechtsstaatlich voll ermächtigen.

Enges Zusammenspiel von Justiz und Polizei.

Erneute Prüfung und Entlassungen von bereits eingestellten Migranten, die für den Polizeidienst nicht geeignet sind.

23. Rechtsstaat

„Der Rechtsstaat ist das Unterpfand für ein zivilisiertes und modernes Land. Je weniger dieser existiert, je unzivilisierter, tyrannischer und rückständiger ist das Gebiet, dem dieser dienen sollte.“

Ist-Zustand:

Der Rechtsstaat so wie wir ihn in Deutschland kannten ist de facto unter der Regentschaft von Angela Merkel zunächst immer mehr ausgehöhlt und letztendlich abgeschafft worden.

Er ist nur noch ein Schatten seiner selbst.

Der vorsätzliche Rechtsbruch und die Missachtung des Grundgesetzes im Rahmen der sogenannten „Flüchtlingskrise“ durch eine Bundeskanzlerin Merkel ist nur ein Beweis dafür.

Das Tolerieren von rechtsfreien Räumen, Verkaufsflächen für Drogendealer und eine vorsätzliche, hilflose und jämmerliche Passivität gegenüber organisierten kriminellen Strukturen sind nur zusätzliche Belege.

Scharia-Recht steht für viele Muslime über deutschen Gesetzen und dieses wird in Deutschland mittlerweile sogar geduldet und toleriert.

Die Sicherheitsbehörden gehen nicht mehr angemessen gegen Rechtsbrecher, Gefährder und Kriminelle vor, sondern lässt sie vielmehr unbehelligt gewähren, weil dies von der herrschenden Einheitspartei so erwünscht ist.

Die Justiz spricht keine angemessenen Urteile mehr, sondern kapituliert mit Freisprüchen, Bewährungs- und Geldstrafen vor Straftätern, insbesondere wenn sie einen Migrationshintergrund besitzen, welches in Deutschland vor deutschen Gerichten schon beinahe automatisch eine geringe oder gar keine Bestrafung nach sich zieht.

Wenn man in Deutschland als unbegleiteter „Flüchtling" einen Menschen totschlägt, erhält man eine 17-monatige Gefängnisstrafe.

Ein Deutscher zündete einen stärkeren „Polenböller" an einer Moscheetür ohne Personenschaden und erhielt dafür 9 Jahre und 8 Monate Haft.

Zwei palästinensische Asylbewerber werfen 5 Molotowcocktails an die Tür einer jüdischen Synagoge und erhalten 2 Jahre Haft auf Bewährung.

Der abgelehnte afghanische Asylbewerber, der die 15-jährige Mia V. mit zahlreichen Messerstichen regelrecht abgeschlachtet hat, erhält für diese abscheuliche Tat 8 Jahre und 6 Monate.

Diese Urteile, die symbolisch für unzählige andere stehen, beweisen, dass der Rechtsstaat in Deutschland kapituliert hat und nichts weiter als ein Fragment alter Tage ist.

Deutschland ist zu einem Unrechtsstaat verkommen, in dem eine gemeingefährliche „Willkommenskultur" über dem Recht steht.

Soll-Zustand:

Der Rechtsstaat muss gerecht und unbeirrbar mit all seinen Möglichkeiten unabhängig von Herkunft, Religion und Hautfarbe agieren und reagieren.

Dazu sind alle seine Organe von Staats wegen mit den erforderlichen Befugnissen auszustatten und zu unterstützen.

Das Recht muss in Deutschland wieder konsequent durchgesetzt werden.

Rechtsfreie Räume sind nicht nur nicht zu tolerieren, sondern aufzulösen, zu befrieden, so dass das Recht dort überall wiederhergestellt wird.

Konsequentes und konzertiertes Vorgehen gegen Clans, kriminelle Vereinigungen und jede andere Gruppe, die das friedliche Zusammenleben stört oder für ein erhöhtes Aufkommen von Straftaten verantwortlich ist.

Der Rechtsstaat, der seine Bürger vertritt, hat das einzige Monopol und setzt dieses auch mit allen rechtsstaatlichen Mitteln angemessen durch.

Konsequente Verbote von kriminellen Vereinigungen und Gruppierungen der organisierten Kriminalität.

Die Sicherheit der Bevölkerung ist die höchste Maxime.

Das Strafmaß bei Kapital- als auch bei Bagatelldelikten muss wieder voll und ganz ausgeschöpft werden.

Abschreckung und Prävention durch Härte.

Erforderliche Lösungen:

Die Wiederherstellung des Rechtsstaates setzt einen politischen Willen voraus, der mit der herrschenden Einheitspartei schlichtweg nicht gegeben ist.

Daher ist ein funktionierender Rechtsstaat nur nach einer politischen Wende möglich, nach der alle Organe wieder im Sinne der Gesetze und für die eigene Bevölkerung tätig werden.

Die einheitliche politische Neuausrichtung muss sein, dass jedes Ministerium, jedes Organ und jede Einheit des Rechtsstaates die geltenden Gesetze vollständig umsetzt und durchsetzt.

24. Renten

„Wer seine Alten nicht ehrt, ist sein Dasein nicht wert."

Ist-Zustand:

Fast jeder zweite Rentner in Deutschland bekommt weniger als 800 Euro im Monat.

So erhielten beispielsweise Ende 2016 rund 8,6 Millionen Menschen eine Altersrente, die unter 800 Euro lag.

In Deutschland herrscht de facto eine Altersarmut und das ist eine unfassbare Schande.

Soll-Zustand:

Kein deutscher Rentner sollte eine Rente erhalten, die unterhalb der Grundsicherheitsschwelle liegt.

Vielmehr sollte kein deutscher Rentner überhaupt eine Rente bekommen, die unter 1000,- Euro liegt.

Erforderliche Lösungen:

Das Rentenniveau ist entsprechend so anzuheben, dass ein deutscher Rentner seinen Lebensabend mit einer angemessenen Grundabsicherung erleben und genießen kann.

25. Russland

„Ein gutes und friedliches Verhältnis zu Russland sollte die Grundlage deutscher Außenpolitik sein."

Ist-Zustand:

Deutschlands unterwürfiges Vasallenverhalten innerhalb der Nato und die Beteiligung am immer wiederkehrenden Säbelrasseln gegen Russland ist inakzeptabel und schadet letztendlich Deutschland.

Russland wird ohne ersichtliche Gründe und im Interesse ganz anderer Mächte und Interessensvertretungen von Merkel und ihrer Einheitspartei mehr als Gegner als ein Freund angesehen.

Das Verhältnis zu Russland erinnert oft an die Zeit des Kalten Krieges.

Der russische Präsident Putin ist ein Freund des deutschen Volkes und dieses nicht erkennen zu wollen, ist fahrlässig, engstirnig und letztendlich unverantwortlich.

Des Weiteren hat der russische Präsident die Personalie Merkel schon lange durchschaut und blickt auf sie herab.

Soll-Zustand:

Ein freundschaftliches Verhältnis, verbunden mit einer produktiven Handelsbeziehung, zu Russland, wäre für Deutschland auf ganzer Linie ein Vorteil.

Diese Freundschaft oder Partnerschaft muss auf Augenhöhe sein, denn unterm Strich gibt es keine selbstlosen Freundschaften zwischen Staaten.

Deutschland sollte nicht im Interesse oder auf Wunsch anderer Länder agieren, sondern einzig und allein zu seinem eigenen Vorteil entscheiden.

Erforderliche Lösungen:

Die deutsche Außenpolitik zu Russland muss in großen Teilen neugestaltet werden.

Deutschland ist Teil der Nato, aber Russland ist nicht als Gegner oder gar Feind dieser Nato anzusehen.

Das diplomatische Verhältnis und die freundschaftlichen Beziehungen sind wieder zu verstärken und auszubauen.

26. Soros

„Soros ist ein alter verbitterter Mann, der von Ländern ohne Mauern spricht und selber in einem großen Haus mit einer noch viel höheren Mauer lebt. Er ist ein kein Menschenfreund, sondern ein Mann, der hinter den Kulissen für Revolutionen, Unruhen, Streit und die Schwächung ganzer Staaten verantwortlich ist. Soros ist ein Menschenfeind."

Ist-Zustand:

George Soros hat als Hedgefonds-Manager, der als Kind jüdischer Eltern 1930 in Ungarn geboren wurde, mit Spekulationen unter anderem gegen Währungen und Staatsanleihen ein Vermögen gemacht. Er ist ein Multimilliardär, der mit seiner "Open Society Foundations" (OSF) nach eigenen Angaben der weltweit größte private Förderer von Menschenrechten, Gerechtigkeit und Demokratie ist.

In der Realität fördert er politische Unruhen, Revolutionen, eine bestimmte Meinungsbildung in der Presse und vor allem die Massenimmigration nach Europa.

Die „Open Society Foundations" von Soros fördert Nichtregierungsorganisationen auf der ganzen Welt. Sie finanziert unter anderem Einwanderungsinitiativen und zahlreiche kremlkritische russische Nichtregierungsorganisationen.

Präsident Putin nennt seine Machenschaften Einmischung und Ungarns Präsident Orban hat ihn vollkommen aus seinem Land verbannt, da er ihm eine Verschwörung mit ungarischen Oppositionspolitikern und der EU-Kommission vorwirft. Auch Präsident Trump sagte, dass es ihn nicht überraschen würde, wenn George Soros die Migranten-Karawane in die USA finanziert.

Fakt ist, dass fast hinter jeder Bewegung und jeder Bestrebung, die Nationalstaaten in Europa aufzuweichen und zu zersetzen irgendwann der Name George Soros auftaucht.

Soros "Open Society Foundations" wendet dafür Milliarden Euro auf.

Er ist für Angela Merkel und weitere führende Globalisten, EU-Eliten und One World-Verfechter ein Philanthrop im reinsten Sinne.

Nachdem seine Stiftung aus Budapest regelrecht fliehen musste, eröffnete sie in Berlin ihr neues Hauptstadt-Büro.

Auch Russland verbannte bereits zwei Soros-Stiftung aus dem Land.

Die Person Soros ist eine gewichtige und treibende Kraft hinter der illegalen Masseneinwanderung nach Europa.

Soll-Zustand:

Die Person Soros mit seinem Instrument der "Open Society Foundations" muss rechtsstaatlich in die Schranken gewiesen werden, da ihre Bestrebungen den nationalen Interessen der europäischen Länder gänzlich entgegenstehen.

George Soros ist als eine große Bedrohung der nationalen Interessen Deutschlands anzusehen.

Erforderliche Lösungen:

George Soros ist als Persona non grata zu erklären.

Den "Open Society Foundations" sind rechtsstaatlich und im Interesse der deutschen Sicherheit auf ganzer Ebene entgegenzuwirken.

Der Druck auf diese Stiftungen und ihren Gründer ist so zu erhöhen, dass sie Deutschland wieder verlassen.

Dies erfordert eine enge Abstimmung mit anderen Ländern und Staatsmännern sowie eine mediale Aufklärung über die Person Soros und seine wahren Absichten.

27. Tierschutz

„Die Größe und den moralischen Fortschritt einer Nation kann man daran messen, wie sie ihre Tiere behandeln."

Mahatma Gandhi

Ist-Zustand:

Jährlich werden in Deutschland über 700 Millionen Tiere gemästet, größtenteils in intensiv wirtschaftenden Tierhaltungsbetrieben. Etwa 27,5 Millionen Schweine vegetieren oft auf harten Spaltenböden vor sich hin. Dort werden sie aus Kostengründen auf engstem Raum gehalten.

Die bedauernswerten Tiere können in diesen Mastanlagen ihre artgemäßen Verhaltensweisen nicht ausleben. Sie werden gestresst, beißen oder picken sich gegenseitig. Anstatt solche Verhaltensstörungen durch angemessene und tiergerechte Haltungsbedingungen zu beheben, werden an den Tieren oft Amputationen vorgenommen. Ferkeln wird in der Regel der Ringelschwanz bis auf einen Stummel abgekniffen. Den Hühnern und Puten werden meist die Schnabelspitzen entfernt. Zudem werden männliche Ferkel kastriert – meistens ohne Betäubung.

Jährlich werden in Deutschland rund 48 Millionen männliche Küken kurz nach dem Schlüpfen getötet. Sie werden aus „Wirtschaftlichkeit" geschreddert oder vergast.

Konventionelle Masttiere sind so pervertiert gezüchtet, dass sie möglichst schnell möglichst viel Masse ansetzen. Bei Masthühnern und Puten ist das Wachstum so schnell, dass ihr Skelett nicht mithalten kann. Die Beingelenke der

Tiere sind häufig verformt, an den Fußballen entwickeln sich Geschwüre. Der Brustbereich ist so schwer, dass die Tiere sich kaum noch normal fortbewegen können. Oftmals liegen sie auf der Brust in der Einstreu, die im Normalfall bis zum Ende der Mast nicht erneuert wird und von Fäkalien durchfeuchtet ist. Dadurch bekommen die Tiere an der Brust Verätzungen.

Auch die Schlachtung der Tiere ist mit unfassbaren Qualen verbunden. In den Schlachthöfen arbeiten die Beschäftigten unter massivem Zeitdruck. Dementsprechend hoch ist der Anteil der Tiere, die ohne ausreichende Betäubung geschlachtet werden. Beispielsweise werden Schlachtschweine in wachem Zustand in die Brühanlage transportiert.

Soll-Zustand:

Jedes Tier ist ein Lebewesen, das mit Würde behandelt werden muss.

Das Tierschutzgesetz muss für jedes Tier in Deutschland gelten und dementsprechend gestaltet werden.

Erforderliche Lösungen:

Das Tierschutzgesetz muss für Tiere in der Landwirtschaft massiv verbessert und bestehende Gesetze endlich umgesetzt und streng kontrolliert werden.

Für gänzlich alle Nutztiere müssen verbindliche und strenge Vorgaben in der Tierschutz-Nutztierhaltungsverordnung festgeschrieben werden.

Irreführenden Werbung muss verboten werden und eine verbindliche staatliche Haltungskennzeichnung eingeführt werden.:

Solange noch Fleisch aus Massentierhaltung gewonnen wird, müssen Verbraucher dieses genauso leicht erkennen können wie heute schon das Ei mit der 3 aus Käfighaltung.

Eine verbindliche staatliche Kennzeichnung ist einzuführen.

Massentierhaltung ist zu verbieten und durch artgerechte Haltung zu ersetzen.

Die Landwirtschaft ist von den Maßgaben Brüssels und dem internationalen wirtschaftlichen Produktionsdruck zu befreien.

28. Umweltschutz

„Die Natur ist eine einzigartige und wundervolle Schöpfung. Sie zu bewahren muss ein unbedingtes Streben sein."

Ist-Zustand:

Der Umweltschutz ist im Grundgesetz der Bundesrepublik Deutschland (GG) Artikel 20 a als Staatsziel verankert.

Soll-Zustand:

Der Umweltschutz darf nicht nur eine Floskel sein, sondern muss auch in der Realität umgesetzt werden.

Dazu zählen insbesondere der Naturschutz, Tierschutz, Klimaschutz, Luftschutz, Waldschutz und Gewässerschutz.

Erforderliche Lösungen:

Deutschland muss als Vorreiter im Thema Umweltschutz vorangehen.

Dies erfordert neue und strengere Gesetze, als auch die Erforschung von neuen und innovativen Technologien.

29. USA

„Der große Bruder muss nicht mehr als großer Bruder angesehen werden, da man mittlerweile ebenfalls gewachsen ist. Er ist vielmehr als guter Freund zu betrachten."

Ist-Zustand:

Deutschland ist immer noch offiziell ein besetztes Land und verhält sich auch wie ein Vasallenstaat der USA.

Trotzdem ist die Riege um Angela Merkel als eine Marionettentruppe der amerikanischen Ostküste zu betrachten, deren Aushängeschilder Barack Obama und Hillary Clinton jedoch vom amerikanischen Volk entmachtet wurden

Dies erklärt auch den kühlen, unverschämten und anmaßenden Ton gegenüber dem US-Präsidenten Trump.

Trump ist ein Freund Deutschlands und er verachtet Merkel.

Soll-Zustand:

Das deutsch-amerikanische Verhältnis muss auf Respekt basieren.

Dies kann nur erfolgen, wenn deutsche Politiker mit dem gebührenden Respekt und der gebührenden Wertschätzung dem Trump-Regime begegnen, welches demokratisch vom amerikanischen Volk gewählt und legitimiert wurde.

Die deutsch-amerikanische Freundschaft als Handels- und Bündnispartner ist zu festigen.

Nur ein starkes und unabhängiges Deutschland kann auch als ein solches ernst genommen werden und die USA respektieren Stärke.

Deutschland ist kein willfähriger Gehilfe oder Vasall, sondern ein Freund und Partner auf Augenhöhe.

Deutschland muss wieder atomwaffenfrei sein und von deutschem Boden dürfen keine völkerrechtswidrigen Angriffshandlungen (Drohnenangriffe) auf Drittstaaten mehr erfolgen.

US-Abhöranlagen zum Ausspähen und Abhören von deutschen Bürgern sowie Unternehmen sind aufzulösen.

Erforderliche Lösungen:

Die diplomatischen Beziehungen zu den USA sind wieder zu erneuern und zu festigen.

Eine klare Distanz zu dem Regime Merkel und des Einflusses der amerikanischen Ostküste und „One-World“-Vertreter muss erfolgen.

30. Wirtschaftspolitik

„Made in Germany muss wieder die Bedeutung erlangen, die es einmal hatte. Heute heißt es vielmehr Welcome to Germoney!“

Ist-Zustand:

Deutschland war einmal eines der wirtschaftsstärksten Nationen der Erde.

Dies gehört schon lange der Vergangenheit an.

Die deutsche Automobilindustrie war weltführend. Heutzutage wird sie vorsätzlich zerstört.

Die Einheitspartei betreibt systematisch die Deindustrialisierung Deutschlands.

Deutschland war Exportweltmeister, weil die deutschen Produkte Gütesiegel erster Klasse waren.

„Made in Germany“ hat mittlerweile immer mehr an Wert eingebüßt.

Deutsche Berufsausbildungen waren herausragend und von größter Qualität, jedoch verschlechtert sich die Qualität der Auszubildenden stetig.

Deutschland in nicht mehr in der Lage einen Bahnhof, einen Flughafen oder ein sonstiges Großprojekt reibungslos, oder vielmehr überhaupt, fertigzustellen.

Soll-Zustand:

Deutschland muss wirtschaftlich wieder an vergangene Zeiten anknüpfen.

„Made in Germany“ muss wieder das bedeuten, was es einmal getan hat.

Der Wirtschaftsstandort Deutschland kann es mit jeder anderen Wirtschaftsmacht aufnehmen.

Erforderliche Lösungen:

Die deutsche Politik muss endlich wieder heißen:

Deutschland immer zuerst!

Dies bedeutet gleichermaßen, dass die deutsche Industrie und Wirtschaft, im Interesse des eigenen Landes, gefördert wird.

Industriezweige, die für Deutschland und seinen Arbeitsmarkt wichtig sind, sind demnach besonders zu unterstützen und zu fördern.

Der Verkauf großer deutscher Unternehmen ins Ausland ist zu unterbinden.

Höhere Investitionen in die Infrastruktur, in Innovation und in Bildung bei gleichzeitiger Fachkräftesicherung.

Epilog

Alle Punkte, Lösungsansätze und Visionen in diesem Buch beziehen sich auf einen notwendigen Neubeginn. Dieser Neubeginn ist notwendig, um verkrustete Strukturen, die zuvor bereits aufgebrochen wurden und in Trümmern liegen, durch ein neues und gesundes Manifest zu ersetzen.

Es wird aber kein Ersatz im herkömmlichen Sinne sein, sondern das ursprüngliche Original.

Ein Land, das sich selbst eine neue Verfassung geben wird.

Eine Verfassung, der das Grundgesetz als Blaupause dienen wird.

Ein Staat, der in erster Linie dem Land und der eigenen Bevölkerung dienen wird.

Und zu guter Letzt ein erforderlicher Abschluss, der einen Neubeginn erst möglich machen wird und der alle die rechtsstaatlich zur Rechenschaft ziehen wird, die Politik gegen das eigene Land und die eigene Bevölkerung betrieben haben.

Erst wenn alles dieses geschehen ist, können Wunden heilen, Gräben überwunden und unseren Kindern und Enkeln wieder eine gute und sichere Zukunft gewährleistet werden.

31. Schlusswort

„Manchmal muss es erst sehr viel schlimmer werden, bevor es wieder besser werden kann."

Wenn ich an Deutschland denke, dann kommt mir folgendes Bild vor Augen:

Ein Läufer, voller Dreck, abgekämpft, ohne jegliche Nahrung, zermürbt, verletzt und am Ende kommt schließlich an eine Weggabelung. Die eine Richtung bedeutet eine frische Dusche, neue Kleidung, Essen, Trinken, Heilung und Erholung. Die andere Richtung bedeutet, dass er nichts davon erhalten und zwangsläufig nach wenigen Kilometern völlig erschöpft und am Ende aller Kräfte zusammenbrechen würde.

Wir haben es in der Hand.

Aber welche Richtung werden wir einschlagen?

Ich maße mir nicht an, allwissend zu sein und ich bin auch kein Experte auf vielen Gebieten, aber ich bin dennoch der Meinung, dass vieles einfacher ist, als man es uns ständig eintrichtern will.

Es ist vielmehr alles möglich, wenn der politische Wille vorhanden wäre.

Es wären weiterhin alle Probleme gelöst, wenn dieses Land endlich damit anfangen würde, all das viele Geld für die eigene Bevölkerung auszugeben.

Das Geld ist in rauen Mengen vorhanden, es wird nur für die Falschen ausgegeben!

Das jetzt noch bestehende System liegt in seinen Todeszügen.

Das weiß es auch, denn darum versucht es auch, möglichst viel in möglichst kurzer Zeit noch durchzudrücken und umzusetzen. Es bleibt ihm nämlich nicht mehr viel Zeit übrig.

Die aktuelle Entwicklung wird uns zwangsläufig an eine Weggabelung bringen.

Es ist an uns, welche Richtung wir einschlagen.

Die Richtung darf immer nur heißen:

Für die Eigenen!

Tim K.

Weitere Bücher von Tim K.:

-Treibjagd- eine unvorstellbare aber dennoch wahre Geschichte, geschehen mitten in Deutschland. Der Autor sah und sieht sich noch immer einem Rachefeldzug der Polizei ausgesetzt. Deswegen saß er unschuldig sieben Monate in U-Haft, angeklagt wegen erpresserischen Menschenraubes, schweren Raubes, Raubes, versuchter schwerer räuberischer Erpressung, gefährlicher Körperverletzung, Freiheitsberaubung, Nötigung, Zuhälterei, illegalen Waffenbesitzes, Drogenhandels und Geheimnisverrat. Dank einer objektiven Gerichtsbarkeit blieb nichts weiter als eine Körperverletzung übrig, also ein modifizierter Freispruch. Während seiner Haftzeit begab er sich an das Aufzeichnen der Erlebnisse in Buchform, um das Unfaßbare zu verarbeiten. Es handelt von seiner Zeit bei der Polizei, seiner Freundschaft zu einem Hells Angel und den Weg in einen großen Club. So wie er sich aufgrund seiner Freundschaft einer Mobbingwelle innerhalb der Polizei ausgesetzt sah, flog sein Freund aus seinem Charter. Weil er einer Prostituierten zur Flucht vor ihrem Zuhälter verhalf, wurde er bei einem brutalen SEK-Einsatz festgenommen und in U-Haft gesperrt. Das Buch handelt von falschen Engeln, Pharisäern, von rechtsbeugenden Staatsdienern, von Lügen, Verrat, V-Personen und der Zeit in Haft. Tim ist abgehört, verfolgt, observiert und gejagt worden - nur in der Absicht, ihm irgendwas unterzujubeln und sein Leben zu ruinieren, weil er seine Freundschaft über das Loyalitätsgebot der Polizeioberen stellte und nicht staatlich beauftragte Diskriminierung vornehmen wollte.

Ein Mord und Lebenslänglich: Ein Mensch wird ermordet. Ein Unschuldiger wird aufgrund eines Indizienprozesses zu einer lebenslangen Haftstrafe verurteilt. Er sitzt lebenslänglich für eine Tat, die höchstwahrscheinlich von einem möglichen V-Mann der Polizei begangen wurde. Dieser wurde allem Anschein nach bewusst gedeckt. Was Ihnen hier geschildert wird, lässt Ihnen das Blut in den Adern gefrieren. Ist so etwas in Deutschland überhaupt möglich? Ja ,werden Sie sagen, nachdem Sie dieses Buch gelesen haben. Polizeigewalt und Amtsmissbrauch: Gewalt, Skandale, Amtsmissbrauch und das stümperhafte Arbeiten von Polizeidienststellen, SEK und diversen Staatsorganen werden in diesem Buch geschildert. Es ist das Gegenwerk zu der stets beliebten Freund- und Helfer-Literatur und Presse, das in dieser Form noch niemals veröffentlicht wurde. Es listet diverse spektakuläre Fälle der letzten Jahre auf und beschreibt die schockierenden Ungeheuerlichkeiten, die der Autor über Jahre hinweg durch Staatsgewalten erleiden musste. Rocker und Rotlichtmilieu: Tim K. ergreift Partei für die allseits verunglimpfte und kriminalisierte Rockerszene. Er berichtet und widerlegt viele Vorurteile im Detail und nimmt Bezug auf den Niedergang der Szene, welches bestimmte Gründe hat. Die Öffentlichkeit bekommt mit diesem Buch ein objektiveres Bild vermittelt. Seine eigenen Erfahrungen im Rotlichtmilieu und eine objektive und andersartige Sicht dessen, wird Ihnen neue Einblicke verschaffen. Dieses Buch ist eigensinnig, einzigartig und steht gegen den Strom.

Es ist an der Zeit aufzuwachen. Was wir in Gutgläubigkeit hingenommen haben, wird zu einem Alptraum Aller. Tim K. beschreibt die eigenen und andauernden Bedrohungen in unserer Gesellschaft, der Politik sowie ständiger Eingriffe in unsere Privatsphäre. Werden wir noch in unserem eigenen Land aufwachen können... Werden wir jemals wieder frei denken und reden können? Sind wir überhaupt noch in der Lage, unsere Familien, Frauen und Kinder zu schützen? Werden wir am Ende aller uns zustehenden Rechte beraubt? Oder sind wir einfach nur Mittel zum Zweck derer, die uns abschaffen wollen?

Deutschland 2021 - Ein Land hat sich verändert. Eine Reihe von unaufgeklärten Mordfällen überzieht Berlin. Mehrere Flüchtlingswellen, offene Grenzen und eine schleichende Islamisierung haben aus Deutschland ein Land gemacht, das scheinbar ohnmächtig einer steigenden Kriminalität und dem Verschwinden seiner eigenen Kultur zusieht. In Berlin kreuzen sich die Wege von unterschiedlichen Männern aus verschiedenen staatlichen Bereichen, die eines verbindet: Nicht mehr wegschauen zu wollen. Wie weit müssen sie gehen, wenn sie das Zeitgeschehen beeinflussen wollen? Sie müssen Grenzen überschreiten, auch wenn das bedeutet, ihr gewohntes Leben hinter sich zu lassen.

"Für die Eigenen" ist eine Sammlung von Texten, Essays und öffentlichen Briefen, die alle miteinander eines verbindet: Der Glaube an Werte, das Engagement für Deutschland und eine Kampfansage an alle, die dieses Land und seine Kultur nicht schätzen und immer weiter abschaffen wollen. Deutschland befindet sich in der dunkelsten Epoche nach dem Zweiten Weltkrieg und es erscheint, als wenn alles nach einem unsichtbaren Plan verläuft. Lethargie, Rückgratlosigkeit und Verzweiflung hat sich breit gemacht. Eine falsche "Willkommenskultur", Politische Korrektheit und das Erdrücken von freien Meinungen haben die Oberhand über Deutschland gewonnen. Wie sieht seine Zukunft aus? Hat es überhaupt noch eine Zukunft? Für die Eigenen: Gedanken, Eindrücke, Fakten, Widerstand.

In einem Land, in dem Zensur und eine Meinungsdiktatur herrschen, ist das freie Wort umso mehr wert und von besonderer Bedeutung. "Schlachtschrift" ist eine Sammlung von Texten, die auf vollem Kurs gegen die Politische Korrektheit gehen. Es existiert eine furchtbare Dunkelheit um uns herum und sie wird vielleicht auch nicht enden. Aber in der Dunkelheit werden wir leuchten. In Zeiten des Zweifels unseren Glauben bewahren. Inmitten der Schlacht keine Angst haben. Deutschland war ein freies und sicheres Land und genau das soll es auch wieder werden.

www.timk-shop.com

Für die Eigenen!
Für Dich!

FDE
- DIE LISTE -

Aus dem Volk,
für das Volk!

FDE
- DIE LISTE -

www.fürdieeigenen.de

GERMANY

RAIDERS

Über den Autor:

Timm Kellner ist 45 Jahre alt, Deutscher, und hat seinem Land als Soldat und Polizist gedient. Er bezeichnet sich weder als links, noch als rechts. Er hat allerdings eine gefestigte Meinung und sagt, was er denkt, auch wenn das mittlerweile in Deutschland nicht mehr erwünscht ist. Er lässt sich dennoch von Niemandem vorschreiben, wie er zu leben oder was er zu unterlassen hat. Deshalb schreibt er Bücher und setzt sich für die Meinungsfreiheit ein.

Im Jahre 2018 hat der die unabhängige Liste "Für die Eigenen!“ gegründet. Eine außerparlamentarische Bürgerbewegung, die mittlerweile ca. 40.000 Mitglieder hat.

Tim K. schreibt täglich auf Facebook, veröffentlicht Videos auf YouTube, spricht als Redner auf Demos, veranstaltet Mahnwachen gegen das Vergessen von Opfern der merkelschen Willkommenskultur und ist zweifelsohne ein bekanntes Mitglied im rechtsstaatlichen deutschen Widerstand gegen das Merkel-Regime.

Er ist weiterhin der Präsident des Motorradclubs "Brothers MC Salt City", der aus Mitgliedern besteht, die eine gleichgelagerte Einstellung besitzen, die guten Werte leben wollen und sich für Schwächere einsetzen.

Printed in Poland
by Amazon Fulfillment
Poland Sp. z o.o., Wrocław

65188448R00061